César

*Immense gratitude à Margaux Duroux pour l'aide indispensable
à la mise en couleur ainsi qu'à la mise en page de ce livre.*

ISBN 978-2-211-22184-9
Première édition dans la collection *lutin poche* : septembre 2015
© 2012, l'école des loisirs, Paris
Loi numéro 49 956 du 16 juillet 1949 sur les publications
destinées à la jeunesse : octobre 2012
Dépôt légal : septembre 2015
Imprimé en France par GCI à Chambray-lès-Tours

GRÉGOIRE SOLOTAREFF

lutin poche de l'école des loisirs
11, rue de Sèvres, Paris 6e

Souvent, le père de César lui raconte des histoires.
Surtout celles de leur pays.
L'histoire que César préfère est celle de l'empereur
des crocodiles, qui est très grand, très gros et qui
n'a jamais peur.

– Quand je serai grand, je serai empereur des oiseaux,
dit César.

– Empereur pourquoi pas, dit son père, mais pour cela
il faudrait retourner là-bas. Et là-bas, c'est dangereux,
il y a plein de crocodiles. Heureusement, ici il n'y en a pas.

– Quand je serai grand, je serai empereur des oiseaux
et je mangerai un crocodile, dit César.

C'était un dimanche, après
la distribution des graines.
Il faisait beau.
Soudain, César s'arrêta de chanter,
se mit contre son père, et chuchota :
– Papa ! Regarde ! La porte de la cage
est ouverte. Et la fenêtre aussi.
Viens, on retourne chez nous,
au pays des crocodiles !

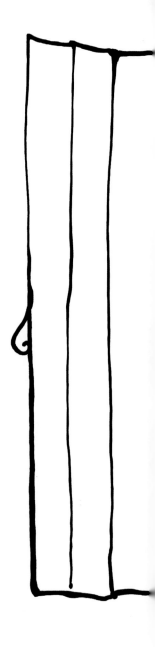

Il sauta sur le bord de la fenêtre.

– César ! s'écria son père. Dehors, il y a des chats !

– Un empereur n'a jamais peur ! dit César.
Allez, viens, on s'en va !

– Je suis bien ici, dit son père. Je n'ai pas envie
de recommencer ma vie. Mais je comprends
que tu veuilles voir le pays où tu es né.
Vole vers le sud ! Toujours au sud, ne l'oublie pas !
Et attention aux crocodiles !

– Papa ! On a des ailes pour voler ! C'est fait aussi
pour s'échapper ! Viens avec moi !

– César ! J'entends venir quelqu'un !

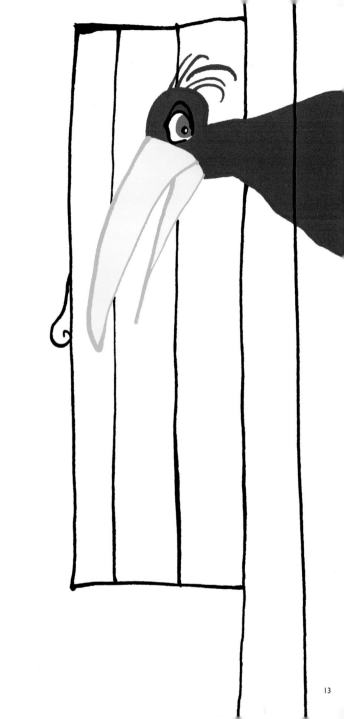

César hésita… hésita…
Et, d'un coup d'ailes, il s'envola.

Il revint aussitôt se poser sur une branche pour crier
à son père :
— Regarde, Papa ! Je suis dehors !
Mais la fenêtre s'était refermée.

Et dans les vitres il n'y avait plus que le reflet du ciel.

Alors il partit pour de bon.
– Ah ! Voler… Voler… Quelle sensation merveilleuse !
César était heureux.
Pourtant, son père lui manquait déjà.
Alors, de temps en temps, pendant qu'il volait,
quelques larmes coulaient.

Après un long voyage vers le sud, toujours au sud,
César arriva au bord du Nil, où, justement,
dormait un crocodile.
C'est énorme un crocodile ! se dit-il.
Et plutôt inquiétant. Papa avait raison.

Mais un empereur n'a jamais peur.

César s'approcha donc du crocodile.

Il remarqua que des mouches volaient autour de lui.

Miam ! Miam ! se dit-il.

– C'est vous l'empereur de ce pays ? fit-il pour engager
la conversation.

Le crocodile ouvrit un œil.

– Vous savez, moi aussi, je suis né ici ! dit César.

– Dégage ! fit le crocodile.

– Charmant ! dit César. Pas étonnant que vous viviez seul,
avec cette mentalité.

Voyant le crocodile refermer son œil,
César eut une idée :
il s'envola, puis se posa… entre ses yeux !
– Rrrram ! fit le crocodile.
– Oh là là ! fit César.
César s'envola… Et se reposa…
exactement au même endroit…
– Rrrram !
Raté.

Encore raté.
À chaque coup de dents du crocodile,
César s'envolait, attrapait quelques mouches,
et se reposait pour les croquer.

– Après tout, il n'est pas si gênant, ce petit, se dit finalement le crocodile.
Et puis, s'il peut me débarrasser de ces mouches qui m'horripilent,
je suis même assez content qu'il me prenne pour domicile.
– Je suis bien plus en sécurité ici que dans une cage ! se dit César.
Grâce à ce bon vieux croco, personne ne peut approcher, il y a plein
de mouches à manger et… peut-être même, on ne sait jamais,
un ami à qui parler…

Au bout de quelques jours, en effet…
– Difficile de manger un crocodile, dit César à haute voix.
– Impossible de manger un oiseau, dit le croco.
C'était, de toute sa vie, la phrase la plus longue que
le vieux crocodile avait jamais prononcée.

Le soir même, César décida d'écrire à son père.
Voici comment sa lettre commençait :

« Mon cher petit Papa,
Dans notre pays, il fait très beau,
je me baigne souvent et me nourris comme il faut.
Et figure-toi que les crocodiles ne se mangent pas !
Mais plus tard, tu verras, je serai quand même
l'empereur des oiseaux. »

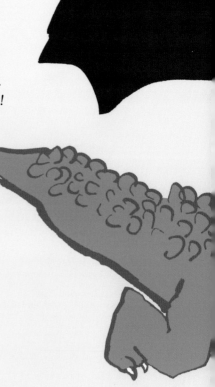